KB071031

청어詩人選 449

박현조 시집

살아가는 것이
사랑이다

청어

박현조

시집

살아가는 것이

사랑이다

# 서시

살아가는 것이 사랑이다
애써서 사랑하지 않아도 된다
그냥 내가 살아가는 것이
사랑이다

내 삶을 받아들이며
살아가는 것이
사랑이다.

사랑한다면 그냥 두시지요
어디 간들 그리움이 없겠나요

새처럼 날다가
두더지처럼 기다가

행복은 행복한
사람만이 압니다

아픔도 사랑으로
그렇게 울면서
우리 살아왔지 않나요.


2024년 초여름
청양 백월산 아래서

시인 박현조

*감상평을 실어주신 허성수 소설가님께
감사드립니다.

# 차례

## 2부  눈썹 위에 무지개

# 1부

# 푸른 상어는
# 날개가 있다

심연의 파도 일으키며
공중으로 솟구치는
저 뜨거운 상어들이
마음 따스한 물결로 흐르고 있다.

# 묵주 한 알의 무게

수많은 애환의
기도, 상처,
묵주는 알고 있다

그 무거운 묵주 한 알,
가볍게 빠르게
돌릴 수는 없다

손끝에서 가슴으로
콕콕 아프게 저며드는
기도의 흐름을 아는가

거짓 평화 외치던
젊은 날의 위선과 기만을
아는가

성인의 말씀 십여 년 배달하는
신부님의 아침 기도 소리
들리는가.


*'묵주'는 가톨릭교회의 성물로 구슬이나 나무 알 등을 10개씩 구분하여 다섯 마디로 엮은 환으로 되어있으며, 끝에는 십자가가 달려있다. 마치 십자가 목걸이처럼 생겼으나 목에 거는 장신구는 아니다. 기도문을 암송할 때 그 횟수를 세기 위해 손가락으로 사용하는 물리적 도구다.

시를 읽는 독자로 하여금 자기성찰에 대한 채찍이 아닐 수 없다. 시인에게는 지난 10여 년간 매일 아침 카톡으로 기도문을 보내주며 부족한 신앙을 일깨워 주는 신부님이 있다. 고단한 일상에서 그가 주는 짧은 메시지는 영혼에 안식과 위로를 주는 생수가 되고 있다.

# 사랑의 길목에서

파도처럼 부서지는
하얀 햇살이
손 잡는다

그리움으로 얼룩진
상처도 눈물도
모두가 들꽃 되고

살포시 안개 피어오르는
호숫가에서
조약돌 하나 던져본다

물보라 일으키는
저게 행복이겠지
아니, 사랑이겠지

그렇게 오늘 하루도
고즈넉이
저물어간다.

*잔잔한 호수의 모습을 그린 한 폭의 수채화 같은 시다. 호수의 일렁이는 물결이 햇빛을 반사하며 눈을 부시게 하는가 하면 저 멀리 수면 위에는 하얀 안개마저 피어올라 한없이 평화로운 풍경화를 펼쳐 보인다. 어릴 때 개울가에서 놀던 추억이 생각난 듯 조약돌 하나 호수를 향해 던져본다. 넓은 호수는 너그럽게 장난을 받아주며 둥그런 물결의 파장으로 화답한다. 그것을 바라보는 시인은 모든 시름을 잊고 위안을 얻는다.

# 바다는 아프다

바다가 실루엣을 그린다
화사한 봄날 눈엣가시처럼 바다가 아프다
바다는 좀처럼 잠들지 못한다
아버지의 편지는 압록강에서 황해로만 흐른다
아버지의 편지 찾으러 압록강으로 가게 된 건
꽤나 오랜 세월이 흐른 뒤였다

압록강 끊어진 다리에서
신의주 향해 아버지의 우체통 찾아 나선다
아버지는 74년간 헤어진 어머니와 두 아들에게
바람의 편지 부친다

임진강에서 불던 바람은
북으로 북으로 압록강에 닿아 손짓한다
아버지의 시린 편지는 울다가 웃다가 바다가 되고
압록강에 띄운 눈물 편지는
황해가 된다

행상 어머니의 눈물 보따리
아버지의 사랑 편지
이제 황해로 찾으러 가야겠다.

*6·25 때 어머니와 함께 월남한 이산가족이다. 그때 같이 남쪽으로 피난하지 못했던 아버지를 평생 만나지 못한 채 홀어머니 슬하에서 어렵게 성장했다. 평생 아버지를 한시도 잊은 적이 없는 아들은 지금 칠순이 지난 나이에도 부정이 그립다. 생사조차 확인할 수 없는 아버지가 그리워 중국의 국경지대 압록강에 가서 그저 하염없이 신의주를 바라본다. 시인이 평생 살았던 제2의 고향 인천에서도 가까운 임진강에 가서 북풍에 실려 올지도 모를 아버지의 숨결을 느껴보려고 애쓴 적도 있다. 그저 흘러내리는 눈물이 강물에 섞여 황해로 흘러간다. 북한에서도 하염없이 남쪽의 가족을 그리워했을 아버지의 눈물 편지, 바다에서 만날 수 있을까?

# 사과꽃 바다 어머니

밤하늘의 별들 헤아리며 꽃밭 일궜던 어머니
마당 섶에 심어놓은 봉숭아 채송화 작약들
어머니가 좋아하는 꽃들, 아버지 기다리는 사랑의 꽃밭
어머니는 행상을 마치고 달 밝은 밤이면
봉숭아꽃 이겨서 손톱에 묶어주며 그리움을 달랬다
키 작은 채송화꽃에 사랑 쏟고
작약이 터지는 꽃술에 눈물짓던 어머니
아버지는 북으로 어머니는 어린 자식 둘 데리고
남으로 피란살이 행상 됫박 성냥 잡곡으로 바꾸어
머리에 이고 붉은 사과꽃이 피어나는 언덕에서
달빛 한 아름 안고 울음 터뜨리던 어머니

어머니의 화사한 얼굴 닮은 사과꽃
사과가 열리길 기다리던 어머니, 사과는 열렸지만
먹을 수 없는 사과 과수원 옆에 떨어져
벌레 먹은 사과 하나를 어린 자식들 입에
넣어주겠다고 가지고 오시던 어머니
남북통일되면 붉게 익어가는 사과처럼
아버지가 올 거라고 믿던 어머니, 끝내
사과꽃이 피어나는 언덕으로 고개 떨군 어머니
이 시간 어머니 영전에 사과꽃을 바친다.

*돌아올 수 없는 남편을 평생 기다리다 세상을 떠난 어머니를 그리워하며 쓴 시다. 어머니는 행상을 하며 두 아들을 뒷바라지했다. 고달픈 삶 속에서도 채송화꽃을 가꾸며 남편이 행여 돌아올까 기다리셨던 여인의 한 많은 모습이 눈에 선하다. 전쟁 직후 시인의 어린 시절은 무척 배고팠다. 그때는 오히려 북한보다 우리 경제가 더 어려웠다고 한다. 버려진 썩은 사과조차도 어머니에게는 자녀들을 위한 귀한 양식으로 삼고 주워와서 먹였다. 남북한 경제 상황이 역전된 것은 1974년 무렵부터라고 한다. 지금 대한민국은 세계 10위권 경제대국이지만 북한은 최빈국으로 전락했다. 만성적인 식량난을 겪고 있으면서도 북한 정권은 핵무기 개발에 돈을 쏟아 붓고 있다. 북한이 '고난의 행군'이라고 불렀던 1990년대는 수백만 명이 아사했다고 한다. 시인의 어머니는 북한의 식량난에 대한 뉴스를 들을 때마다 굶주림에 시달리고 있을지 모를 남편이 더욱 그리웠을 것이다. 이미 돌아가셨다면 천국에서 두 분이 만나셨을까?

# 갈대밭

아이들이 서로 안고
잠들었다
지난밤 파도에 떠밀려
울던 추억들까지.


*겨울을 재촉하는 바람에 쓰러진 갈대밭 풍경이 시인에게는 아이들이 서로 부둥켜안고 잠든 모습으로 보였던 모양이다. 어린 시절 두 형제가 배고픔을 참고 장사 나간 엄마를 기다리다 잠들었던 모습이 생각났을까?

# 아침을 여는 기도

창가에 햇살이 손 모으자
새들이 모여들고
지나가는 바람이 발길 멈추고
사랑을 위하여 합창한다.


*평화로운 아침 풍경이다. 밝은 햇살과 바람과 새들이 어우러진
창밖의 모습이 시인에게는 한 편의 시가 되고 기도가 되고 합창
이 된다.

# 별빛 사랑

아침 햇살에 숨죽이는
찬이슬
가슴 아픈 사랑
세상이 잠들은 자정 지나서야
촛불 들고 별빛으로 오는
임이여

그대의 모습은
영롱하고 찬란하여
눈부시도록 아름답다

칠흑 같은 어둠에서
빛을 발하는
나의 침실이여
나의 사랑이여

창가에 드리운
햇살이 오기 전에
우린 떠나야 한다

슬픈 전설처럼
다시 만날 기약 없이
아름다운 이별을
우린 준비해야 한다.


*별은 캄캄한 밤에만 볼 수 있다. 특히 자정이 지난 새벽에 매우 찬란하게 빛을 발하다가 먼동이 트기 전 바삐 달아나는 광경을 묘사했다. 별은 밤새 맺힌 지상의 이슬과 잠깐 친구가 되었다. 하지만 태양이 떠오르기 전 이별해야 한다. 이슬도 아침이 오면 강렬한 햇살을 견디지 못하고 죽는다. 지상의 이슬과 밤하늘의 별 사이 짧은 사랑과 이별을 노래했다.

# 징소리

비 오는 날
바다가 운다

친구가 떠나며 뿌린
하얀 새소리

서럽게 부딪히는 소리
울려 퍼진다.


*시인이 비 오는 날 바라보는 바다는 우울하다. 강한 바람에 소
용돌이치는 하얀 포말 속에서 세상을 등진 친구의 모습을 떠올
린다. 파도는 하얀 새가 되어 높이 솟구쳤다가 다시 허물어져 내
리기를 반복하면서 서럽게 우는 소리만 낸다. 시인의 귀에는 징소
리로 들리는 모양이다.

# 산으로 간 사람

고마운 사람보다
필요한 사람
"발타자르 그라시안" 작가의
이야기 들려준 사람
사랑하는 꽃잎처럼
새롭게 피어나는 바람의
씨앗이 된 사람.


*발타자르 그라시안(1601~1658)은 스페인의 예수회 신부이자 철학자로 삶의 지혜와 번뜩이는 처세를 경구와 잠언으로 압축한 아포리즘의 대가로 유명하다. 우리나라에서는 1991년 《세상을 보는 지혜》라는 그의 책이 번역 발간됐다. 이 시에서 시인은 "고마운 사람보다 필요한 사람이 되라"고 한 그라시안의 말을 일깨워 준 사람을 그리워하고 있는데 아마도 먼저 세상을 떠났는지 "바람의 씨앗"으로 표현하고 있다. 시의 제목 '산으로 간 사람'에서도 고인을 흠모하는 분위기다.

# 꽃무릇이 피어날 때

꽃밭에는 하나 둘
종소리 울린다

꽃씨랑 함께
종소리도 묻는다

연륜이 더할수록
그 소리 요란하다

자기 몸에 걸치는 옷도
잊은 지 오래

다만 가을의 신호를
아내의 입술로 알린다

작은 바람에도 파르르 떨며
아름다운 계절
조심스레 내디딘다

생기 있는 삶의 언덕
종소리로 알린다.

*꽃무릇은 가을에 꽃이 피었다가 지고 나면 바로 푸른 잎이 나와 겨울을 지낸다. 시인은 무더위가 한풀 꺾이면서 지천으로 피어난 꽃무릇의 아름다운 자태를 가을을 알리는 아내의 입술로 표현하며 그 속에서 울리는 종소리를 듣는다.

# 푸른 상어는 날개가 있다

시니어 근로자들이 바다 같은 세상에서
상어가 되는 건 삶의 이모작을
허드렛일부터 시작하고부터다
꼬리지느러미에
노년이라는 이름표 붙이고
질기디질긴 목숨줄 같은 수평선 향해
재빠르게 헤엄치다가
다다른 곳에서 건물 관리하면서
미화원 아줌마를 여사님이라
귀부인 호칭하였고 건물관리 종합 기능사를
소장이라 이름하였다

날개 달린 상어는 구름 떼 몰고 산다
엉금엉금 기어가는 거북이 구름
한때의 미모가 여전히 살아 있는 인어 구름

해 질 녘의 스타일로 파마하고
라때는 말이야를 군것질처럼 좋아하는
여사님은 젊어 혼자되어
딸아이 하나 중학교 보내며
신병 얻어 가끔 결근하다가

대학병원 진단에서 유방암 시작으로
간암으로 전이되어 병원에 입원하였다
인어 구름의 목덜미에 아직도 번개 맞은 아픔이
벌겋게 남아 있었다

건물과 건물 사이의 망망대해를 누비며
동료 근로자들이 카톡으로 이 사실을 알렸다
많은 근로자의 호응으로 조금이라도
힘이 되어가고 있다

심연의 파도 일으키며
공중으로 솟구치는
저 뜨거운 상어들이
마음 따스한 물결로 흐르고 있다.


*'시니어 근로자'란 정년은퇴 후 재취업한 노동자를 말하며, 50대부터 70~80대까지 젊었을 때 하던 일과는 상관없이 3D업종도 마다하지 않고 무슨 일이든 현장에 뛰어들어 한다. 시인은 건물관리소장을 하면서 열악한 노동환경에서도 희망을 잃지 않고 일하는 다양한 시니어 노동자들을 만난다. 다른 사람들은 무시할지라도 같은 시니어 노동자들끼리는 서로 존중하며 격려한다. 그중 홀몸으로 중학생 딸 하나 부양하는 엄마가 말기암이 갑자기 발견되어 투병하는 모습도 보았다. 시인은 시니어노동조합을 이끄는 조합장으로서 단톡에 이 사실을 알리자 조합원들이 너도나도 치료비를 쾌척하며 동지애를 나눴다.

# 사랑의 불꽃

사랑하는 사람은
뜨거운 태양 하나
품고 산다
사랑이 그리운 날이면
가슴에 촛불 켜고 산다
사랑이 더 그리운 날은
가슴에 촛불 하나 더 켜고 산다
그리워 그리워
기다리고 기다리다
가슴까지 태운다.


*사랑은 태양과 촛불로 비유될 만큼 뜨거운 그 무엇이다. 다소
흔한 표현이기는 하지만 불꽃만큼 사랑의 강렬함을 비유할 수
있는 말을 찾기란 쉽지 않다. 이 시는 청춘남녀가 연인을 사모하
는 심정이 보인다. 사랑을 갈구하는 모습을 시각적으로 잘 묘사
한 시다.

# 빨강 신호등

사랑하는 사람아
빨리 가려고
서두르지 말자

우리 서로
빨강 신호등 앞에
서 있지 않은가

천천히 가도 늦지 않아
쉬엄 쉬엄
숨 돌리며 가자.


*시인은 서두르지 말고 빨강 신호등을 지키면서 여유 있게 천천히 가라고 충고한다. 긴 인생길 쉼 없이 달려온 노시인이 들려주는 말이기에 뼈 있게 들린다.

# 돌김 밥상

초승달 엉덩이 받쳐주는
푸른 언덕 위에 매화꽃
연기처럼 피어오르면

발그레한 봄의 당부
한 장씩 출렁출렁 밀려오고
어느 섬의 안부처럼
계절의 이마 매만지는
갯내음이 날아든다

아내는 딸 아들 며느리
손자까지 불러 모아
바닷소리 잔잔히 들려오는
흘림체 물의 악보
그 돌김 밥상 차린다

잔디밭에 바닷바람으로
살짝살짝 구운 김

갈매기 소리로 윤기나는 바다가
네모반듯한 육질로

싱싱한 검은빛 풍성하고
켜켜이 껴 있는 물결이
아직도 파랗게 흔들린다

매콤 향긋한 봄의 말이
처음 눈뜨는 달래장 얹어
짠지 곁들인 사랑의 밥상

입안으로 바삭바삭
푸른 바다향이 듬뿍 배어든다

손끝으로 들어올려지는
낱장의 바다가 새콤달콤한
말맛의 몸집 부풀리고
입맛에 맞은 수다 서로에게 권한다

물의 집에서 통통 뛰는 음표로 붙어살다가
뭍으로 올라온 바다의 맛은
끝없이 넓게 누우며 깊게 스며들어
곱씹을수록 온 가족 하나 되게 한다.

*3대 가족이 밥상에 둘러앉아 돌김으로 밥을 싸 먹으며 김에 묻
어온 바다향을 느끼고 행복해하는 모습이 그림처럼 떠오르는 아
름다운 서정시다. 시인의 남다른 가족사랑과 노후의 전원생활에
대한 만족도까지 엿볼 수 있다. 게다가 가까운 곳에 바다도 있
고, 김 가공산업으로 유명한 고장도 있어서 시인이 귀농한 곳은
더할 나위 없이 훌륭한 노년의 안식처다.

# 함께 가요

우리 살아온 길
사는 방법 달라도
행복으로 가는 길
같은 노래 부르며
함께 가요

아무리 오늘 힘들어
뜻한 바 이뤄지지 않아도
힘 있는 자의 횡포
갑질론이 번져도
사랑으로 가는 길
함께 가요

아무리 오늘
아프게 저려오는
고통에 시달려도
희망으로 가는 재생의 길
함께 가요.

*청소, 환경미화, 건물관리, 경비 등의 일을 하는 시니어 노동자들을 멸시하고 모욕하며 때로는 폭력도 행사하는 등 함부로 대하는 사람이 있다. 시인은 그런 현장에서 매일 일하며 간혹 갑질을 당해도 나름대로 참고 견디는 법을 배웠다. 그러나 쉽게 상처받는 동료 시니어 노동자들을 볼 때는 안타깝다. 시인은 그들을 격려하며 소중한 노동의 기회를 포기하지 말고 함께 극복해 나가자는 메시지를 던진다.

# 감사 기도

할 일 생겨 좋다
다시 해도 좋다
늘 해도 좋다.


*시인이 여전히 노동하면서 부르는 감사의 노래다. 매일 직장에
출근하면서 건물 주변 청소부터 온갖 허드렛일을 하지만 감사할
뿐이다. 상가 입주자들이 무슨 일을 시켜도 감사하면서 하니 즐
겁다. 즐겁게 하니 감사할 일이 넘친다. 무엇보다도 노년기에 일
할 수 있는 힘을 주시는 하나님께 감사 기도를 드리지 않을 수
없다. 매달 노동의 대가를 받아 노후의 삶을 여유 있게 즐기며
때로는 어려운 이웃을 도울 수도 있으니 시인의 입에서는 감사
기도가 저절로 나온다.

# 나

나 자신이
나를 키운다

이 세상에 하나밖에 없는
유일한 창조물

아주 특별한 사람
잘 할 수 있다

나는 나를 믿는다
행복하다.

*사람은 누구나 고유한 존재다. '나'라는 일인칭은 복수로 존재
할 수 없다. 쌍둥이 형제나 자매도 마찬가지다. 다른 사람이 구
별할 수 없을 만큼 똑같이 닮았다 하더라도 서로 다른 존재다.
누구나 다 개인적으로 특별한 사람인 것이다. 세상에 하나밖에
없는 특별한 존재로 태어났기에 자기 자신에 대해 자존감을 가져
야 한다. 간혹 남들과 비교해 자신을 못났다고 비관하며 낙심할
때가 있다. 시인은 이 같은 독백으로 자신을 격려하고 다독이며
자존감을 되찾는 듯하다.

# 기도

병상에 누워
태양 떠오르길
기다리는 천사여

어서 빨리
잠에서 깨어
자리에서 일어나
빨간 코스모스 꽃길
함께 걷게 하소서

어둠의 장막
부디 거둬주시고
별빛 노랫소리
듣게 하소서.

*이 시에서 천사로 지칭되는 대상이 누구일까? 시인이 사랑하는 아내나 자녀일 수도 있겠고, 가족이 아닌 다른 공동체의 아끼는 동료나 이웃일까? 독자 입장에서 아끼는 사람 가운데 환자가 있다면 누구에 바쳐도 좋은 헌시다. 천사가 어서 회복되어 병실을 박차고 나와 함께 코스모스 꽃길을 걸을 수 있기를 시인은 간절히 기도한다. 밤에는 빛나는 별들이 합창하는 소리도 듣게 해달라는 간구는 투병하는 천사에게 서정의 세계로 인도하는 희망의 노래다.

# 가을 정경

달밤에 찾아온 손님
갈잎 하나
초인종 누른다

별들이 내려와
촛불 켜면

찬바람은 어머니께
향수에 젖은 편지 쓴다.


*낙엽, 밤하늘의 별들, 찬바람이 모두 의인화되어 가을밤의 풍경
을 연출한다. 여기서 찬바람은 어머니를 생각나게 하는 소재로
사용되고 있다. 어린 시절 시인은 아버지 없이 홀어머니와 함께
지내야 했던 겨울이 유난히 추웠으리라. 겨울을 재촉하는 가을
찬바람에 시인은 지금도 모정에 젖는다.

# 2부

# 눈썹 위에 무지개

사랑이 없어 어두운 마음들
이미 크고 작게 상처받은
그 캄캄한 영혼에 내리는 소나기

소나기가 내린 뒤에
떠오르는 사랑의 무지개
그 황홀한 무지개

그 무지개 바라보며
오늘을 살아가지요.

# 충전소

살다가 힘들면
바닷가로 가라

경매시장 삶의 터전
꿈 터지는 목소리 들어라

아침 햇살에
괭이갈매기 반겨주는
비린내가 살갗으로
스며들고

희망 가득 실은
어선들이 손짓할 때

거기
출렁이는 바닷소리 들어라.

*시인이 힘들 때는 바닷가에 가서 힘과 용기를 얻는 모양이다. 제목에만 사용하고 있는 '충전소'는 바닷가다. 특히 공판장이 있는 바닷가는 이른 아침부터 경매시장이 열려 활기가 넘친다. 어선에서 팔딱팔딱 뛰는 싱싱한 물고기를 보는 것도 즐겁고, 개선장군 같은 어부들의 모습도 대견해 존경의 눈길을 보내지 않을 수 없다. 바다에서 밤새 사투를 벌이며 물고기를 잡았을 어부들을 생각하면 어떤 어려움인들 극복하지 못할까?

# 일터


망치 소리
요란하다

가득한 땀내
값진 향기 물씬 풍긴다

살아가는 율동
살아 숨 쉬는 얼굴

행복 여는 가슴의 열쇠
사랑 증산하는 텃밭.


*이 시는 첫 연부터 치열한 노동 현장의 모습을 떠올리게 한다.
망치 소리가 요란하게 나는 곳이라면 대장간일 수도 있고, 건축
현장일 수도 있다. 땀 흘려 일하면서 주어지는 대가는 자신과 가
족을 위한 생계비가 된다. 일터는 가정의 행복을 위해서도 중요
하다. 돈을 벌 일터가 없으면 활력있는 삶도 행복한 가정을 세우
는 일도 불가능하다. 그래서 직업은 귀천이 없다. 정당한 대가를
받을 수 있다면 무슨 일이든 신성한 것이다.

# 으뜸 사랑

열심히 일하며
살아가는 모습

성실히 일하며
웃는 웃음

땀 흘리며
이웃 사랑하는 모습.


*이 시는 시인이 노동자를 대하는 태도로 보인다. '열심히', '성실
히', '땀'이라는 단어는 시인 가장 좋아하는 키워드다. 이런 수식
어가 앞에 붙는 사람은 노동자로서 시인은 감히 '으뜸사랑'이라
는 말로 찬사를 보내고 있다.

# 손

일할 때 예쁘다
손마디 굵어지고
거칠어도
가정 꾸려가는 손
눈물 나도록 예쁘다.


*노동하는 손은 거칠어지게 마련인데 시인은 감히 "예쁘다"고 표현한다. 특히 여성들은 집에서 살림을 하며 일터로 나가 몸을 써야 하는 노동까지 하게 되면 못난 손이 되기 십상이다. 그래도 부지런한 손을 통해 자녀를 교육해 가정을 세우고 나라에 이바지할 인재로 키울 수 있으니 시인의 찬사는 결코 과장된 표현이 아니다.

# 화해和解

성냄
풀어줄 수 있는 사람
될 수는 없을까

뚜껑 열린 샴페인처럼
흰 거품 입에 물고
폭발하는 사람들

성냄을 주저앉히고
그들의 친구
될 수는 없을까.

*분노를 조절하지 못하는 사람을 보며 시인은 탄식하고 있다. 극도로 분노에 사로잡혀 폭발하게 되면 엄청난 재앙을 초래할 수 있다. 주먹이나 흉기를 마구 휘둘러 살인을 저지르면서 분을 푸는 사람도 있어 세상을 놀라게 한다. 시인은 성난 사람 달래는 일에 한계를 느끼며 화해를 염원할 뿐이다.

# 바보꽃

삶의 현장에서
우선순위 멀리하고

낮은 곳에서
뒤처진 동료 돌보며

함께 피워내는 꽃
꽃 중의 꽃

바보는 행복하다
외롭지 않다

바보는 결코
포기하지 않는다.

*바보는 자신의 잇속보다 남을 더 챙겨주고 희생하는 사람을 가리키는 말로 종종 사용되기도 한다. 시인은 전국시니어노동조합 충남지역본부 위원장으로서 조합원들의 권익옹호를 위해 바보가 되기를 원한다. 무노동과 임금지원을 전제로 한 상근 노조활동가도 아니고 종일 노동하면서 조합을 운영해 나가는 '바보'다.

# 그래도 사랑은 있다

지루한 장마
찜통더위에도
다시 뜨는 무지개

이른 새벽
담배꽁초 종이박스 줍는
외로운 노인

행복 전달하는
음료수 한 병에
시원한 땀방울 흘러내린다.

*우리 주변에는 비가 오나 눈이 오나 생계를 위해 종이상자를 주
워야 하는 노인들이 있다. 새벽부터 골목을 뒤지며 온종일 모은
종이상자를 고물상에 팔아도 만 원짜리 한 장 손에 쥐기 힘들다.
다만 몇천 원을 받아도 노인들은 행복하다. 게다가 음료수를 건
네주고 손수레라도 밀어주는 이웃도 있으니 세상은 살만하다.

# 사랑의 바보

오늘을 살아가는
아주 작은 바보로
위안 삼는다

나와 함께 살아가는 가족
이웃 심지어 솔밭 가족들
들고양이 미세한 생명체들

보듬어 살펴주며
가엾이 여기는 일
내가 살아
감히 사랑이라 이름하였다.


*시인은 식당에서 식사하고 남긴 생선뼈와 고기 살점을 꼭 비닐
을 얻어 싸가는 습관이 있다. 노신사로서 품위에 어울리지 않는
행동 같아 보이지만 집 주변에 떠도는 들고양이들을 위한 사랑
때문이다. 어차피 버려질 음식 쓰레기가 야생동물 가족을 살린다.
그래서 그는 바보 같은 습관을 버리지 못한다. 시인은 자칭 '사
랑의 바보'다.

# 그 목소리, 향내

아침 출근길
꽃밭에서 부르는 소리
꽃들의 속삭임

추억은
화장대에 앉아
하얀 분 바르고 있다

아내가 쓰던 향내
그 목소리
꽃밭에서 풍기어 온다.


*시인은 꽃들과 교감하면서 아내의 향기를 느낀다. 뿐만 아니라
아내의 목소리도 듣는다. 그만큼 시인에게 아내는 꽃처럼 아름답
고 사랑스러운 존재다. 그래서 꽃도 사랑할 수밖에 없다.

# 아름다운 사람

바람의 빛이 붉게 물들어가는
이 좋은 날

지친 이웃의 손 잡아주는 사람은
참 곱다

구부정하여 볼품없어도
진실한 사람의 뒷모습

더욱
빛이 난다.


*시인은 사람이 사람답게 사는 세상을 그리워하는 휴머니스트
다. 밑바닥 일을 하면서 사람답지 못한 사람을 목격하면 분노하
고 지극히 작은 자에게 손 내밀며 존중할 줄 아는 사람을 보면
감동한 나머지 마음속에서 우러나오는 시를 이렇게 쓰기도 한다.
그래도 세상은 악한 사람보다 아름다운 사람이 많아 살만하다.

# 박수

아침이면
새들이 박수친다
새 아침이 밝았다고 응원한다

주인공 되어
박수받을 때도 좋지만
관객 되어 박수칠 때가
더 좋다

세상이 모두
운전하길 좋아하지만
주인공이 운전대 잡을 때
바른길로 가지 못하면
관객이 혼란에 빠질 테니까.

*시인이 이 시에서 새가 지저귀는 소리를 "박수친다"고 다소 특이한 표현을 하고 있다. 우리는 새가 울거나 노래한다는 표현에 익숙해져 있다. 노래와 울음은 입을 통해서 나오기 때문에 새를 의인화하더라도 자연스러운 행위로 받아들여진다. 그러나 박수는 손을 마주쳐야 발생하는 소리여서 새에게는 불가능한 메커니즘이다. 시인으로서는 흔한 표현보다는 특별한 표현으로 새를 관객이라는 위치에 놓고 태양이 떠오르는 세상이라는 무대를 향해 열광적인 찬사를 보내는 모습을 그리고 있다.

# 세상은 아름답다

세상은 그래도 살만하다
이대로 주저앉을 수는 없다

간암 말기 쓰러진 미화원
어느 여사의 소식에
감동의 카톡과 위로금 모금에
잠시 감사하며
세상의 손 놓았다

어느 가로 미화원
저능 젊은이
어머니가 좋아하는 고구마 한 상자
버스 승강장 앞에 사서 놓았는데
화장실 다녀오니 없어졌다
눈물짓는 소식 접하고
고구마 장사 여사가
한 박스 갖다 놓고 사라졌다.

*인간이 이기심만 가득 차 다른 사람과 나눌 줄 모른다면 이 세상은 얼마나 삭막할까? 탈북민들이 남한에 처음 와서 가장 감동하는 일 중의 하나가 기부문화다. 비록 재벌처럼 단위가 큰돈을 내놓지는 못하지만, 일반 시민들도 십시일반 호주머니를 털어 마련한 성금을 어려운 이웃에게 전하거나 아무 대가 없이 봉사하는 모습을 보고 그들의 뇌에 각인된 "썩어빠진 자본주의"가 북한 정권의 거짓 선전이었음을 깨닫게 된다. 우리 사회는 다른 사람을 속이고 약탈하는 악한도 있지만 곤경에 처한 이웃에게 따뜻한 손 내밀고 도울 줄 아는 사람이 더 많은 아름다운 세상이다.

# 마음 아플 때

꽃길 걷는다
마음의 상처 보듬어주는
솔밭 꽃길

아침저녁 틈나는 대로
산새들과 앞서거니 뒤서거니
비바람도 간간이
함께 걸어가는 나의 길

가을 붉게 익어가는
저녁노을도
나와 함께 오늘을 간다.


*꽃은 인간의 마음을 치료하는 약이다. 요즘 흔히 하는 말로 힐링(healing)을 제공하는 최고의 피조물은 꽃이라고 할 수 있다. 자연 속에 살면서 철 따라 피는 꽃과 하루에도 시시각각 변하는 아름다운 풍경을 매일 접하는 노시인의 낙천주의적인 세계관을 엿볼 수 있는 시다.

# 행복하다

살다 보면
힘들 때 있지만

믹스커피 한 잔으로도
행복하다

따뜻한 커피 한 잔
타서 권했을 때
더 행복하다

땀 흘려 일하고 있을 때
정말 행복하다

마치 세상이
모두 내 것인 양
마냥 행복하다.

*행복은 큰 목표를 성취해야만 얻을 수 있는 것이 아니다. 비록
밑바닥에 추락한 인생일지라도 누군가 다가와 따뜻하게 건네주
는 말 한마디는 사람을 행복하게 한다. 시인은 노동 현장에서 한
잔의 믹스커피를 받아 마실 때 그 느낌을 "마치 세상이/ 모두 내
것인 양/ 마냥 행복하다"고 고백한다.

# 눈썹 위에 무지개

잠시 머물다 떠나가는
아름다운 무지개

평생 장애 안고 살아가는
아이의 어머니

너무 서러워하지 마세요
그 누가 어머니의 마음 알까마는

사랑이 없어 어두운 마음들
이미 크고 작게 상처받은
그 캄캄한 영혼에 내리는 소나기

소나기가 내린 뒤에
떠오르는 사랑의 무지개
그 황홀한 무지개

그 무지개 바라보며
오늘을 살아가지요.

\*무지개는 비 그친 뒤 바로 햇빛 나면 나타나는 자연의 현상으로 넓은 하늘과 산을 배경으로 펼쳐지는 일곱 색깔의 띠가 너무나 아름답다. 손으로 잡고 싶고 오래도록 보고 싶은 무지개는 순식간에 사라지고 만다. 아쉽기도 하지만 쉽게 볼 수 없는 자연의 현상을 목격하는 그 순간만큼은 누구나 다 황홀감에 젖어 넋을 잃고 바라보게 된다. 시인은 이 시에서 장애아를 낳아 기르면서 상처받은 어머니가 무지개처럼 찬란한 희망을 꿈꾸며 살기를 바라며 위로받는 모습을 그리고 있다.

# 아내

생生의 뒤안길은
저물 대로 저물어가는데
당신이 앉은 자리마다
싱싱한 내일의 감정 깃든
꽃씨가 날아들어
아름다운 꽃이 피어납니다

당신은
저녁의 방향을
명랑하게 모색하는
꿈의 씨앗입니다

당신이 지나온 발길마다
냉담한 어제의 표정은 흩어지고
빛나는 씨앗은 뿌리내려
파란 새싹이 돋아납니다

강마른 마음의 혈관에
빛과 웃음과 긍정을
불어넣어 줍니다

당신은 언제나
난폭한 불운을 뚫고 일어서며
사랑을 뿌리는
꽃씨 여인입니다.


*황혼기에 평생 서로 의지하고 살아온 아내에게 드리는 헌시다. 씨 뿌리는 여인으로 묘사되고 있는 아내는 그 씨앗으로 말미암아 가정에 사랑의 꽃을 피웠다. 지금도 아내는 사랑을 뿌리는 꽃씨 여인이라고 시인은 노래한다.

# 좋아요

좋은 일을
좋다고 응수해 주는
배려의 용기

상대방을
칭찬해 주면
내가 행복하다

내가 하는 칭찬
나를 좋다고 잘했다고
응수해 주면 행복하다.

*요즘 스마트폰을 통해 전화 통화뿐만 아니라 실시간 문자메시지로도 양방향 교신이 가능해졌다. 가까운 사람끼리 개인적인 안부부터 공유하고 싶은 사진이나 다양한 소식이 수시로 카톡에 뜬다. 좋은 소식에는 "좋아요", 혹은 미소 짓는 모습의 이모티콘 ☺으로 답을 올려주면 좋다. 시인은 남을 칭찬하는 일에 인색하지 말라고 강조하고 있다. 칭찬받는 사람이 기쁘게 반응하면 칭찬한 사람도 행복해지기 때문이다. SNS를 통해 이렇게 행복을 나눌 수 있는데도 단지 귀찮다는 이유로 잘 안 한다.

# 꽃밭 이야기

내가 사는 건
한낱 작은 꽃밭 가꾸는 일 때문

칠순 넘도록 평생 가꾼 꽃밭에서
꽃구경한다

사랑의 꽃은
왜 심지를 못했는가

북쪽에서 바람 부는 날
그리움만 심어놓았지

어머니의 슬픈 바다도
아버지의 높은 하늘도
모두 꽃밭에 묻었지

나의 묘비에
「꽃밭 가꾸다 잠들다!」
이렇게 새기고 싶다.

*시인은 평생 꽃을 심고 가꾸는 아름다운 사람인데도 사랑의 꽃을 심지 못하고 그리움만 심었다고 토로한다. 시인에게 사랑의 꽃은 북녘에 계신 아버지와의 상봉을 의미하는 것 같다. 유년 시절 헤어진 아버지를 평생 만나지 못한 채 어느덧 황혼기에 접어든 시인은 이제 체념하고 가슴에 맺힌 모든 한을 꽃밭에 묻는다. 시인이 살아 있는 동안 통일이 이뤄질 수 있으면 좋으련만, 북한에서는 만년 식량난에 주민들이 굶주리는데도 독재자와 권력층은 자신들의 배만 채우면서 견고하게 버티고 있다.

# 귀농

빛과 물 섞어 흙 버무리면
산비둘기 날아와 한입 물고
고라니도 찾아와 씨앗 묻는다

봄볕이 입김 불어주고
봄바람이 새싹의 눈 열어준다

나 혼자 땀 흘리며
땅 판 게 아니다

새잎이 돋기 전에
입김 불어 넣은 논밭

축복의 환한 햇살이
파릇한 새싹의 소망 키워주고

꽃바람의 매운 손길이
단단한 줄기의 의지 키워준다

나는
땅 파고 흙 버무렸을 뿐

햇빛과 바람으로
잎과 줄기 키우고

때맞추어 내려주는 단비를 받아마시며

농작물은
스스로 생명의 집 짓고

농부는
햇빛과 바람과 사귄다.

*농사는 농부의 부지런한 손길과 훌륭한 농업기술만으로 이뤄지
는 것은 아니다. 하늘이 도와줘야 한다. 햇빛과 비, 바람 등을 통
해 자연의 섭리가 있어야 풍성한 열매를 기대할 수 있다. 심지어
시인은 산비둘기와 고라니도 농사를 거드는 존재로 미화한다. 귀
촌하면서 그들과 다정한 친구가 된 모양이다.

# 꽃향기로 세수하고

솔밭 가는 길에
아카시아 꽃등 켜고
향수 뿌려놓는 임이여

당신은
하얀 드레스 입고
구름처럼 오셨지요

당신의 해맑은 웃음에
세수를 하고
당신의 다소곳한 부름에
가슴 설레며

당신의 아름다운 향으로
새로운 아침
일으켜 세웁니다.

*봄철 피는 하얀 아카시아꽃은 향기가 매우 강렬하다. 시인이 "하얀 드레스 입고 구름처럼"이라고 표현했듯이 우아한 여인과 같은 자태로 진한 향수를 발산한다. 아카시아가 번식력이 좋아 다른 나무들의 몫까지 영양분을 다 빨아먹으며 성장하는 탓에 경계해야 할 수종(樹種)으로 분류되기도 하는데, 매혹적인 꽃향기는 여느 나무와 비교해도 최고가 아닐 수 없다. 오죽하면 시인이 아카시아 꽃향기로 세수한다고 표현했을까!

# 바다

달빛 젖은 갯벌에 누워
흔들리는 바다가 된다

채우고 나면
비우는 달, 그리고 갯벌

나는 무엇을 채우고
무엇을 비워야 하나.

*한없이 넓고 깊은 바다는 인간에게 죽음처럼 두려운 존재인 동시에 생명의 바다이기도 하다. 그 속에 살아가는 생명체에게는 안식하고 번식하는 장소이기 때문이다. 인간이 갯벌의 조개를 아무리 캐내도 바다는 그 자리를 다시 가득 채워준다. 어부들이 아무리 많은 물고기를 잡아도 바다는 또다시 풍성한 어장으로 만들어준다. 신비한 생명의 바닷가 갯벌에서 시인 자신은 비우고 채워야 할 것이 무엇인지 묻고 있다.

# 행복한 집짓기

아침 햇살 뽑아 기둥 만들고
노을 빌려
창살에 꽃무늬 심는다

바다 내음으로 초석 다지고
풀꽃으로 하늘 덮으며
뻐꾸기 소리로 옷장 꾸민다

아내는 내가 지은 집을
자기 집이라며 들어간다
밤이나 낮이나
갯벌에 들락거리는 게들처럼
같은 방으로 같은 꽃을 만든다.


\*시인이 전원생활을 하면서 상상의 나래를 펴서 만든 집을 묘사
하고 있다. 실제로 건축의 자재가 될 수 없는 자연의 몇 가지 요
소를 재료로 삼아 마치 동화 속 같은 집을 지었다. 그 속에서 부
부가 행복하게 노후를 보내며 사는 모습을 낭만적으로 그려서
보여주고 있다.

# 가을의 손님

기다리던 사람은
맑은 가을 하늘
바람 타고 온다

산책길 너럭바위
사뿐히 내려앉아
반갑게 맞아주는
단풍잎 하나 둘

모두가
나의 가슴 채워주는 그리움
다시 만날 수 없는 친구의 입김.


*아마도 가을풍경 속에서 먼저 세상을 떠난 친구를 그리워하며
쓴 시 같다. 가을바람에 지는 단풍잎도 친구의 숨결인 양 '가을
의 손님'으로 의미를 부여하고 있다. 인간은 언젠가 모두 낙엽처
럼 떠나야 한다.

# 커피 위 땀방울

누가 흘렸는가
커피나무 생육하며
거두어들이는 땀방울 하나
커피 끓이는 사람도
커피 마시는 사람도

흙먼지 뒤집어쓰고
점퍼 벗으며 땀 한 방울 섞으며
씁쓸한 노동의 향수

커피 한 잔에
주차장 매연, 기계 소음
땀방울로 뚝
무심코 흘리고 만다.


*노동 현장에서 잠시 숨 돌리면서 마시는 커피는 정말 맛있다.
특히 커피믹스는 노동자들이 애용하는 기호식품이나 다름없다.
달콤한 맛의 커피 향을 음미하면서 노동자는 행복을 느끼고 다
시 현장에 나갈 힘을 얻는다. 항상 뜨거운 물이 나오는 정수기를
통해, 혹은 전기포트에 냉수를 넣으면 금방 끓는 물을 부어 타기
만 하면 되니 권하는 사람도 받아 마시는 사람도 행복하다.

# 햇살과 바람

남쪽에서 바람 불면
햇살 하나로 산다

아침에 옷 벗고
온종일 땡볕에서
젖은 옷 말리다가

햇살에 구운
생선 한 마리
밥상에 올리고

사색의 시간
햇살에 숙성한
꽃차 향기 마시며

묵은 햇살 엮어
빨랫줄에 줄줄이
세워놓는다.

*시인은 노후에 누리는 무위자연(無爲自然)의 삶을 노래한다. 산
골에서 태양이 제공하는 에너지를 통해 원초적이고 유유자적하게
살아가는 모습을 그림 그리듯 묘사하고 있다. 안빈낙도(安貧樂
道)가 바로 이런 삶이 아닐까?

# 아내의 별

아내는
아침이면 부엌 작은 창으로
별들을 불러들인다

늦게 귀가하는
남편의 길 안내 별이
하나 둘 솟아오르다가
솔밭으로 총총 내려와
사랑 꿈꾸는 아내의 별 된다

꿈꾸는 사랑의 별
47년 기다리다가 기다리다가
별꽃 무리들이 밤하늘에서
손 들어 반짝인다.

*지난 47년간 시인의 변함없는 아내 사랑을 엿볼 수 있는 시다.
별은 산골마을에서 전원생활을 해야 볼 수 있다. 맑은 공기 속에
투명하게 보이는 밤하늘의 별은 남편을 기다리는 여인의 친구가
되고 시인에게는 창작의 모티브가 된다.

# 살아가는 것이 사랑이다

박현조 지음

발행처     도서출판 청어
발행인     이영철
영업       이동호
홍보       천성래
기획       육재섭
편집       이설빈
디자인     이수빈 | 김영은
제작이사   공병한
인쇄       두리터

등록       1999년 5월 3일
           (제321-3210000251001999000063호)

1판 1쇄 발행  2024년 7월 10일

주소       서울특별시 서초구 남부순환로 364길 8-15 동일빌딩 2층
대표전화   02-586-0477
팩시밀리   0303-0942-0478
홈페이지   www.chungeobook.com
E-mail     ppi20@hanmail.net

ISBN       979-11-6855-262-3(03810)